心に花を

米村昌洋

はじめに

八十五歳無名の一老人である私が、子や孫たちのために、学校で教わることのない人生学のようなものを書いてみました。

学者でも宗教家でも易者でもない私ですが、素人なりに総合的見地から考えてみました。出版社のすすめで本にすることになりましたが、間違いがありましたら訂正して頂きたいと思います。

「安心立命」という言葉がありますが、私は長い間、これを単に心を安らかにして生きることだろうと思っておりました（いかにして心を安らかに生きるかも難しいことですが）。立命ということは聞いたことがなく、調べてみると、「自分の天命を知りこれを活かして生きること」とのことでした。

「天命」というと、「人事をつくして天命を待つ」という言葉がありますが、これは、天命を知って人事をつくすのでなければならぬ、という説もあります。

さて、天命とは。これを求めてゆくのが、この本の出発点です。

心に花を　目次

人間とは

私は、自分は五体そのものであって、考えたり思ったりするのはすべて頭脳だと思っておりました。しかしそうではないようです。

五体というものは現世の着物であって、本当の自分は霊（魂）であり、過去、現在、未来へと生き続けます。考えるのは頭脳で、思うのが霊です。

詩人の堀口大学さんの言葉に「心こそ心こそ死ぬことのない命なのだ」とあります。

霊即ち命
霊即ち心
心即ち命

霊も心も命も同じもので永遠に生き続けるものである、ということです。

そして現界に生まれる前や現界を去ったとき、霊はどこにあるのか、それは無次元の世界です。私が今までに会った霊能者が言うことには、過去、現在、未来は勿論、どんなに遠いところにいる霊も分る、ということです。霊には時間空間がないといわれる所以です。

出生の原理

生まれたとき、肉体は両親のＤＮＡを受けますが、生命エネルギー（霊）は霊界から受けます。そのときの生年月日生れ時刻に定まったものが入魂すると考えられています。易学の四柱推命学の的中率は八十〜八十五パーセントといわれますが、四柱推命とは、この生年月日生れ時刻から一生の運命を判定するものです。

死亡の原理

霊即ち「いのち」の強弱は一生不変ではありません。霊力中庸の人は盛衰があっても死亡の心配はなく、強い霊は強すぎるときに、弱い霊は弱すぎるときに死亡します。肉体は霊と同調するからです。また霊的な災いにより中途死亡する場合もあります。

そして病院などでの誤診、過処置があります。過度の手術による肉体の損傷から肉体が死亡し、霊が分離死亡するためです。

人間界は霊の世界

あなたは何のために生きていますか、と尋ねると、大抵の人は、何のためかは分らぬが私および私の家族が健康で裕福に生きたい、ただそれだけです、と答えます。実社会で各自の願望や利害が衝突したりするときには、霊界の悪霊までが便乗するので、今まで経験しない程の事例が次々と起ります。

戦後、精神教育が失われ、細分化した知識教育だけとなり、尊敬の対象がなくなり、他をかえりみず独尊が暴走する時代となったことを嘆くのは、私ひとりではないはずです。心の教育こそ最大の課題ではないでしょうか。

心霊と宗教

戦前の私は霊について全く無関心でしたが、戦後数年して親族の老人の除霊療法を見てびっくりしたのです。家内が頭痛で休んでいたのですが、老人が家内の額に手を当て「ヤッ」と気合いを入れると、一分もするとすっかり治りました。もう心配ない、大したことではなくちょっと障ったものがあっただけで、もう帰った、とのことでした。それから以後この人主催の心霊修養会に出席して、数々の心霊現象を見聞するようになりました。

正座合掌瞑目していたお婆さんの手が大きく上下動して、次に座ったまま体ごと上方に飛び出したのですが、先生が気合いを入れるとすぐ落着きました。これは動物霊とのことでした。

ある人が戦死の公報もなく未復員の息子さんの様子を調べるために霊媒に霊を呼んだところ、霊媒は海中を泳ぐような様子から、溺れてぐったりと横たわる姿になりました。

また、私が会社で難題を持かけられて悩んでいたとき、順番が廻って私の前に来られた先生が、これは大変難儀のことだが二、三日後には立ち消えになるから心配するなと言われました。後日その通りになりました。

あるとき、心霊研究の大家で霊能者でもある老先生が来会され、お話の中で、「人の一生は生れたときに一冊の本が書かれてあり、修正は極めてわずかしか出来ぬ」と言われました。そのとき私は、そんなことならば誰も努力する必要がなく、なるようにしておけばいいということになると思い、信じることが出来ませんでした。

この件は後で述べますが、四柱推命でも自分のことでよくないことが出ますと信じようとしませんでした。ところが数十年たったある日、四柱推命で出ていたあることが起りました。実際に起ってみると、何もかも四柱推命の通りで、心霊の大先生の言葉通り、と思えるようになりました。またこのときは、この先生のお話された霊の憑く話や霊障のことなども全く理解出来ず、むしろ非科学的とすら思いましたが、今日狂気的事件が多発している現状を考えるには、霊のことは無視出来ないと思います。

また、ある教会の祈祷師の先生（霊媒）に毎月お参りをしていたときのことです。何でもよく分る方で、当時雑貨の卸商をしていた私の顔を見るなり、得意先のうち二件焦げつきになっている、一件は長い手形で回収を、他の一件は強硬手段が必要、と言われました。言われる通りにして、回収することが出来ました。

同じ頃、メーカーの販売員で心安く交際していた人から、販売員をやめて自分で独立製造をやりたいから、その祈祷の先生を紹介して欲しいと頼まれました。先生の回答は、今のまま販売員をやるのがよい、独立しても末はよくない、というものでした。その後指導に反して独立したところ、一時は繁昌して、私を料亭に招いて御馳走したりと意気軒高でしたが、数年後には癌に倒れ、仕事も駄目になりました。この頃まだ私は易学をやっていなかったので分りませんが、事業も霊の争いで、この人は霊の弱い人であったのでしょう。後輩のある人から借金依頼があったとき、別の祈祷師に伺いを立てたのですが、その祈祷師は、この人には申込金額の四十倍の借金があり、もう見込みはないから早く整理せよ、と回答しました。しかしその後運勢がよくなり、後輩は違う社会で活躍しました。

ある青年の進路相談

ある青年が、某大学のある教授について大学院に進むか、高校の先生になるかを迷って、ある易者を訪ねました。易者曰く、今年教員試験を受けて先生になるが良い、来年から難しくなる。大学院のこの教授はもう先がないから駄目とのこと。言われた通り教授はまもなく退職しました。この易者は姓名学が看板でしたが、滝行をする修験者で霊験のある人でした。

私がこの易者に初めて会ったのは、雑貨製造の会社の名前を考えてもらうためでしたが、そのときに「あなたの前半の人生は旭日昇天の勢いであったが途中でプッツリ切れた。後半の人生は前と全く関係がない。今はあなたひとり頑張っているが、助ける社員はない」と言われました。生き甲斐をかけた海軍がなくなったのですから当然ですが、生きているだけで有難い、仕事が苦しいなんて言っていられない、と思いました。

羽黒山の天狗の話

むかしある教会で祈祷したとき、日本中の天狗が、日本兵を守るために二〇三高地の激戦に敵兵をだましに行ったという話が霊媒の口から語られました。

そしてあるとき、親類の霊能者の老先生に、戦中激戦のさなか私が一番若い参謀であるにもかかわらず、司令官、先任参謀の了解を得て次々と命令を出し、夢中でかけ巡ったことを話しました。その途端、老人の右腕がブルブルふるえて止らなくなりました。これは羽黒山の天狗じゃ、行ったことあるか、という老人の問いに、いいえ行ったことはありませんと答えました。

するとある何年か後に次の事件がありました。痛風で通院していた頃の帰り道、家内との待合せの時刻におくれまいとして、いつもすいている道路の、ズラリと並んだ白い車の間をすり抜けて向う側へ渡ろうとしたときです。真黒な車が目の前に迫り、あっと思ったときにはもうおそく、進むことも引き返すことも出来ないその瞬間、私の体は空中に飛び上りました。両足の靴は車のヘッドにポンと当ったものの、私は向う側の道路におりました。振りかえるとギーッというブレーキの音がし、真青な運転者の顔、こちらは平身低頭二度三度、黒い車も立ち去ったのでした。気も動転していたので、あれは天狗さんのおかげだと気が付いたのは二、三日後のことでした。そして一年後でしたか、読売旅行で東北に行き羽黒山神社にお礼参りを致しました。

霊には時間や空間がないと聞いておりましたが、一度つながりの道が出来ると危機瞬時に一体となるという貴重な体験でした。そしてあの戦争のとき、日本兵を守ろうとした天狗さんは、司令部で一番霊力の強い私に白羽の矢を立てたのだと思いました（四柱推命で私は最強の星となっております）。

亡き母の霊

先祖供養に堪能な霊能者に二十一日間の供養を依頼し、二十一日経って霊媒の人が我家に来たとき、次々と先祖の俗名を唱え、以上代表誰々今後共供養をたのむと申されました。名前を知るはずもないのに不思議なことよと、思うまもなく今度は亡き母の名を言いました。そして、自分が死んだ後お父さんは後添いも迎えず、小さな子供たちを立派に成人させて下さいました、この場にいないお父さんに私からとお礼を伝えて下さい、と申されました。亡くなった人はもういないと思うのは間違いで、霊界から愛念をもって身近に見守ってくれている、と知りました。

融通手形のこと

私が製造の仕事を始めるとき色々指導を受け、またその土地に行ったら泊めて貰ったりした関係で断り切れず、ある人に融通手形を渡しておりました。再度融手を依頼されたとき、祈祷の先生にお伺いを立てると、すぐ「ならぬ」という返事でした。今ならまだ回収出来るから返して貰いなさい、来年暮には整理出来る、とのことでしたが、後にその通りになりました。

保証の話危機一髪

あるとき、素晴しい霊能者の先生が来ると言われ、私共夫婦である宗教のお話を聞きに参会しました。先生が重度近視の人の眼鏡を取上げ「ヤッ」と気合いを入れると、眼鏡を取られた人がスラスラ新聞を読みましたのでみんなびっくりしました。次に、脚が悪く脇の下に支えをしてようやく歩いていた人も、支え木を使わずに歩いてみせました。

数日後この先生から、あなたの近くの料亭に昼食に行きますから、料理を十人前注文しておいて下さい、という電話がありました。注文した責任上私も昼食の席に顔を出しましたが、私の顔を見るなり、今日は御馳走になりますという挨拶、帰りに私の家までおしかけ夕食まで出させる始末でした。とりまきの多くは良家の中年婦人でした。その上私方の工場敷地が広いのを見て、私も心安くしていた信者の人の経営する、○○工務店の保証印をと要求されました。その工務店の人がいい人なので迷っておりましたところ、信者で代書をしている人から電話があり、信仰とお金は切り離して考えなさいとの言葉、危機一髪で災難を逃れました（後に工務店は消えてなくなりました）。

霊争い

よいお話を聞きよい霊に守られるのがいいと考えていた私は、あれもこれもと、主な宗教または霊的関係は四つか五つありました。神争いや霊争いということは聞いたことがなかったのです。

その頃、家内が熱心に通っていた〇〇教の女行者さんには、太鼓を寄進したりなどして頼りにしておりました。そこへある人のすすめでお稲荷さんを迎えることになり、工場敷地の一部にお社と鳥居を設けました。ひと月も経ったある朝起きて庭を見ると、お稲荷さんのお社の屋根が剥がされ、地面にほうり出されているではありませんか。驚いたものの誰の仕業か見当もつきませんでした。これでは折角迎えたお稲荷さんに申訳ないと屋外のものはすべて取除き、お詫びを申上げて屋内にお祭り申上げました。これでよしと思っておりましたところ、次の事件が起りました。

事務所の机の上に手形および現金入りの鞄を置いたまま、ほんの数分間となりの住宅に行き帰って見ると、鞄がありません。郵便も来ていないし外来者もないはず、うっかり自宅に置いて来たのかと捜しても見つかりません。仕事を中止して従業員を集め、鞄の盗難を告げ、手形は使うとすぐ足がつくからと申添えました。

すると翌日中学校の事務職員さんから、学校の横の道路に落ちていました、あけて見るとこちらの会社の書類が入っていましたからお届けします、という連絡がありました。鞄からは、現金だけが失くなっていました。

それから二、三日すると、ある従業員が退職したいと申出ました。私は今やめるとみんなに犯人扱いされるから、としばらく待つように言い、結局その従業員は一ヶ月後にやめました。なお戻った鞄には砂がついていて、社内の砂地にうめておいて夜間取出したものと思われます。この従業員は従業員募集の応募者五名中の一名で、○○教女行者指名の人物でした。

その後、漸次縮小はしても倒産せずに約三十年間行った雑貨製造業は、土地の一部が売れた機会に廃業し、と同時に宗教関係のものは一切、お焚上げ奉納金と共におかえし致しました。お稲荷さんからのみ丁重な御挨拶状と記念品を戴き、さすがと感服致しました。

守護霊

霊争い神争いの体験をした私は、すっきりと筋の通ったお祭りをしたいと考えております。我が家の神棚には、

天照皇大神

当地の氏神

右以外の御札は祭りません。

毎月一日には夫婦で氏神様に参拝し、旅行するときは必ずお守り札を携行しております。

我家の宗旨は佛祭りだけです。

霊は体内のどこに

以前、毎日○○教の経文をあげていたとき、次第に合掌の手が軽くなり上方に上ってい

きました。もっとすると座っている膝が軽くなり、次いで全身が軽くなって浮揚するような気分になりました。ローソクの焔に上れと言うと炎が長く上り、止まれと言うともと通りになりました。この頃です、祈ってからボーリングの球を投げると全部ストライクになったり、従業員募集で月末までに五名とお願いすると、月末になって丁度五名入っていたりしました。その人たちに聞くと、前を通るとフラッと入る気になったそうです。そしてひと月も経つとみんなやめて一人も残りませんでした。

この話を私の相談役の霊能者に話すと、それは狸の霊だから追い出しましょうと言って、私の背中に手を当て呪文を唱え「エイッ」と気合いを入れました。すると私の胸膜部の内壁をガリガリッと二回ほどひっ掻き巡って、霊が口からウッと飛び出したのです。これでおしまい、もう霊らしいものは消えました。胸腹部にある自分の霊に他の霊がくっついていたということです。「我が胸のもゆる思いに」の言葉通りでした。

この自己霊ですが、先祖のうちの一人である場合が多く、また生まれたときからついている人がいます。色々程度に差はありますが、そういう人は霊媒体質と言えます。四柱推命で調べると、ついている人はすぐ分ります。

霊

霊にはピンからキリまであり、高級霊から低級霊、ひどいのは悪霊まであります。高級霊は大局的な指導をして余りこまかいことは言わないようです。低級霊ほどこまかいこともよく分り、そして異性関係にルーズなことが多いのですが、これは動物霊です。強力な悪霊というものは困ったもので、知識のある人まですっかり占領されてしまうようです。

宗教

むかしある新宗教の本を読んでいると信者の質問にこんなのものがありました。「熱心に信仰している人に不幸な人が多く、不信心の人が悠々と幸せに暮しているのはいかなる訳でしょうか」と、これに対して適切な解答は示されていませんでした。

私が思うに、それは運命であるからです。しかし、運命を変えることは出来なくても、宗教に縋ることで心の支えを得て生きることが出来ます。自己霊力の強い人は自力宗教を、また自己霊力の弱い人は他力宗教になるのです。

私の知るある人は、四柱推命で見ると星が弱く、もう老齢で凶運に入っていることから、アルツハイマーの心配もと思っていたら、

「行く末は阿弥陀まかせの余命かな」

霊界から霊力の援助を頂いているようです。

宗教とお金

新宗教の中には色々のやり方でお金集めをするものがあり、近年は特にひどいようで、これは宗教とは言えません。

信者の中のボス

信者の中には教団に協力するつもりかどうか分りませんが、以前こんなことを言った人がいました。

「あんた社長じゃろう、纏まったものをお出し、わしらがええように使うてやる」

このひと言で私はその宗教をやめました。

宗教については読者の皆さんよく御存知と思いますので、これで終ります。

易学（四柱推命）

若い頃新橋を歩いていると、街頭易者にひまだから易を見てやると呼び止められました。手相を見た後、名前を書かされ、そして「あんたはゆくてに沢山の困難が待ちうけているが、これを乗り切ってゆく。船が転覆しても汽車が衝突しても死ぬことはない。そして苦難が多いが助けてくれる者がない」と言われました。後に姓名学を勉強すると、私の姓名は二十八画で、孤立困難運とのこと、よくあっていたようです。

次に会ったのはある百貨店に来た易者で、私の易では、経済的自然流失運であるとのことでした。これもやはりよくあっているようです。学校卒業以来お金に余裕のあったことはなく、七十三歳のとき土地を処分して初めて余裕の出来たこともありましたが、そこにはまた出てゆく事情もあり、もう半分以下となりました。

その次に会った易者は版木を色々置きかえて卦をみる人でした。当時の若者の月給分くらいを支払って、和紙六枚くらいをこより綴じた、筆書きの冊子を受取りました。中には、大きな岩が乗っかり下の草が伸びることが出来ぬ、八十四歳をもって体の変調を識るべし、とありました。

八十四歳身体変調を除けばみんなあっているようですが、これは全体を纏めて指導しているとは言えません。

易学講習会

あるとき、新聞折込広告を見て、易学講習会に参加申込をしました。参加人数は十名程度で、みんな熱心に何かを求めている顔でした。

参加費用はありませんでしたが、立派な老練易者風の先生は、プリントを読むばかりで身が入っていませんでした。内容は人相、手相、表札相学、気学、姓名学、四柱推命学などでしたが、実例、実話、先生の特別な意見などはなく、かけ足で前期はおしまいでした。後期は四柱推命の運勢判断で、易学士の名前をつけて戴く代りに、十万円を差上げるというものでした。折角ここまで来たのに判断が出来なくてはと思い、名前は不要ですが参加します、と後期にも参加しました。しかし後期を終っても判断はなく判断材料までで終りとなりました。

終了時会食の席で全員が感想を求められ、一人一人立ち上り発言しました。私は次のようなことを述べました。

長い間大洋を航海して天測をやりました。星や太陽と水平線の角度および時刻を計測することで天測表から船の位置を求め、あやまりなく航海をするのです。あるとき三浦半島先端の城ヶ島灯台で十名同時天測を行い、全員の測定位置が直径三百メートル以内に収まっていたのでびっくりしました。天体がこれほど正確に軌道を運行しているのだから、四柱推命も人生の軌道を教えてくれるのではないかと期待しております。今は教えて頂いた判断材料から人生に役立つ立派な判断が出来ますよう勉強を続けたいと考えております（今日では人工衛星とカーナビで道路上の自動車の位置が分る時代になりました）。

易学講習の後、ポツリポツリと四柱推命の本をもとめて読みました。何年もかかって数冊の本が書棚に並びましたが、それぞれ違ったところもあり同じところもありで、ついに得るところがないのでは、と思っていたとき病気になりました。

私の四柱推命の中には「白衣」という凶印があり、意味は病気入院とありましたが、幼少から今日まで無病の私には間違いだろうと思い、信じていませんでした。家人は気付かなかったのですが、他人から顔色がよくないと注意され、内科で調べたところ、レントゲンで胃潰瘍と分り、大病院に入院しました。

ときに七十三歳、易でいえば三十年の大運が変って次の三十年の大運に入る転角の年でした。死亡の危険ありと書いた本もありましたが、私には転角の前も後もいずれも吉運だから心配ないと思っておりました（その後私の研究では、転角の後凶運で死亡の危険があるのは最強または最弱の人だけで、中間の人は心配ありません）。

体重が七十六キロもあったものですから、胸部の大動脈に針を入れ点滴で四十五日間、一切食事をしませんでした。内科、外科で検査すると、癌ではないと思うが幽門狭窄で他の内臓も取るかも知れないとのこと。応諾して手術をし、集中治療室三日の予定が一日で個室病室に移りました。麻酔のおかげで少しも痛みを感じませんでした。そのときには、体重は五十三キロになっていました。

退院間近になって腸閉塞になり、医者は腹部を開き癒着部を切りたいようでしたが、私は灌腸を依頼し、やっと退院に漕ぎつけました。

手術前に赤くなった部分を内視鏡で取ったのですが、三分の一は残っていると思っていた胃は、後で見ると五分の一になっていました（手術後の癒着でたびたび開腹手術をし死亡するのは生命力無視の結果です)。

退院の後も四回程腸閉塞になりましたが、ヨガに参会して腹部のネジリ運動をしたのが良かったのでしょう、以後はありません。

生れと霊力の強弱

生年月日から算出して霊力(生命力)の強弱が分ります。強い順から、最強、衰、強、小強、弱、最弱、とあります。

易学を勉強しはじめた当初、私は強いほど良いのだろうと考えていました。しかし私の心安くしていたある霊能者は、人間普通が良いですねと言い、その意味が長い間分りませんでしたが、八十五歳のこの頃やっと分ったように思います。

「生れ星の強い人にはエネルギーがあり、人の上に立ち、弱者にエネルギーを与えることでバランスをとり、福分も多い代りに困難も多い、死亡は急死となり、表通りに住む」

生れ星の弱い人はエネルギーが少いので、強い人の下にいて平穏に生きて無理をしない、ということです。また信仰心は霊的加護を受けることがあり、尊敬の対象をもつことは心の安定を得ることが出来ます。死亡は長患いとなり、裏通りに住む。

生れ強弱の変化（巡り合わせ）

人間は一生同じ強さではありません。大運の三十年で区切り変化するので、初年中年老年とも同じ強さということはないのです。

私共の学校仲間はもう一割残っているだけですが、強さだけでなく巡り合わせの良いことも大事な要素です。

普通がよい

私はこの言葉と共に思い起すのは東郷平八郎元帥です。決して特異の人ではありませんが、日本の危急を救った史上最高の功績者です。これが徳というものでしょう。

これは余談ですが、私は東郷さんのお孫さんに会ったことがあります。

ミッドウェー作戦と並行して、欺瞞のダッチハーバー攻撃に出る前に、大湊沖に碇泊した大型巡洋艦の艦上でのことです。艦長からのお呼びで公室に行くと、和服姿の上品な奥様と小学一年生くらいの坊ちゃんを紹介され、東郷元帥のお孫さんに艦内を案内するよう言われました。坊ちゃんと何をお話したか忘れましたが、キラッと光った目が清々しく印象に残っています。

後でお礼にと青いリンゴをひと籠頂き、士官室でみんなで頂きました。今私が孫を可愛いと思っているように、元帥も可愛がっておられたことでしょう。

生まれ日の十干と病気

日干でかかり易い病気が決まっています。

甲…頭の病気やケガ、神経衰弱、脳腫瘍
乙…咽喉に欠点、扁桃腺、るいれき、腎臓、心臓、リウマチ
丙…胃腸弱く便秘下痢交互、水分欲しがる
丁…強健、心臓その他循環器注意
戊…胃、胃ガン注意
己…腸、腸ガン注意

庚…酸性症（アチドーチス）
辛…呼吸器と皮膚が弱い、喘息、神経痛
壬…体の水分、糖尿病、尿崩症
癸…腎臓系統

私の癌事件

私ではなく一後輩のことです。八年前頃のこと、ある会合で少しばかり易の話をしましたところ、一人の後輩が私に易を見てくれと言って離れず、易者のところへ行きなさいと言っても帰りませんでした。実は友人の医者から癌の宣告を受けたとのこと、必死の思いなので是非、と頼まれました。

引受けて帰宅し、その夜午前までかかって易を見ました。すると小強、しかも凶運ではないと分って、翌朝電話して心配ないと伝え、あれだけ言っておけば安心して喜んでいるだろうと、こちらも安心しておりました。

ところがひと月程して、ある会合でその顔を見つけ、何か挨拶があるはずと思っているのに知らん振りです。行って癌でなくてよかったねと言うと、信じられん、という一言。お手数かけましたというお礼の言葉もない。善意の分らない自分本位の人もいるものだと呆れるだけでした。

そして、次は私のことです。

いつも貧血気味で、以前は急に立ち上るとフラッとしてよく倒れましたが、その頃はそれ程でもありませんでした。ただ頻尿気味なので掛かりつけの内科医に相談したところ、癌の疑いが濃厚、癌病院に三日ほど検査入院しなさい、とのこと。他人のことではなく自分のこと、安閑とはしていられませんでした。しかし、よく考えてみると私は易で最強の星、癌が肉体的病気ではなく、霊的障害だと思っている私には、よい実験の機会でもありました。戦争で死んでも不思議でなかった私のこと、入院日をおくらせて旅行に出ることにしました。

家内と孫二人で箱根に行きました。第一日は強羅に一泊、強羅公園の階段を上り下りしている間に、整形外科でもサジを投げられていた家内の膝関節がいつの間にか治っておりました。外れていた骨のずれた部分が、いつの間にか正常の位置に戻ったらしいのです。

翌日は西武園の立派なホテルに泊りました。孫には言ってなかったのですが、もう最後のぜいたくになってもよいという思いでした。芦の湖のたそがれから夕闇になるまでの景色を眺めながら、最高の中華料理を食べました。孫たちが年寄の分まで全部平らげ、大満足でした。孫二人と、今までこんなことはなかったが、これからももう二度とないだろうと話し合い、いつの間にか私の目からは涙がこぼれていました。

旅行から帰って内科医の先生にお土産を渡し、癌病院に行きました。一日検査をして、明日から三日間検査入院です、体内数ヶ所から細胞を取出して検査をするので生命の危険もあります、この承諾書に署名捺印して下さい、と言われました。そこで、やっと大変なことだと思いました。

しかし易が正しいか医学が正しいか自分が実験台になろうと決心して、病院に入院検査取止めを報告しました。その後主治医の内科の先生からたびたび勧告がありましたが、自分の意志を貫きました。あれからもう数年になりますが、頻尿気味だったのは膀胱炎の薬の少量服用で治り、もはや何の心配もありません。

地耗のこと

天耗は目上の引立がなく、地耗は目下に足を引っぱられるということですが、私には地耗があります。海軍の時は雇い主が私でなく国でしたから地耗は一度も感じたことがありませんが、私が企業主となった卸商のときも、製造業になったときも部下に人を得ることはありませんでした（ひとり頑張って倒産はしなかったものの、いつも先細りで苦労ばかりでしたが）。

今は仕事も何もすることがなくなりましたが、八十五歳になっても健康で、まだ車の運転も出来ます。よくよく易の本を見ていると、私の適職は学者、作家、宗教家と出ていました。なるほど皆ひとりで出来る仕事、地耗があってもいいはずです。そこで本を書くことを思いつき、この世に残すものはこれだけと考えました。少しでも世の中に役立つことがあれば満足です。

四柱推命の本

何冊読んでも曖昧模糊として、いつまでもはっきりしなかった四柱推命も、ある先生の本に出逢い、他の本のよいところも集めてみると、ひとつの方式が出来ました。自分の一生をあてはめてみると、よいことも悪いことも全部出ていました。

そこで出版社では誰でもわかる四柱推命の要領会得の本を望まれたようです。でも私はそれにはかなりの準備期間を要し、またこまかいところまで理解するには、本だけでなく講習が必要だと思います。

もう一つ問題があります。世間では易学者を信用していない、ということです。今まで何冊も読みましたが、書店では易の本は殆ど目にしませんし、私が最も信頼した先生を訪問しましたら、易の本を書いた大学出の教養ある知識人も、易ではなく他の商売を本業としている、とのこと。易の本は何冊もありましたが初版だけのようでした。そして、世間は易を信用しておらず、一部の人が会社の人事の参考にと訪れる程度、と申しておられました。

私は、易学で得られる教訓は、人間学として活用出来るものであり、人間形成に役立つ一面もあるのではないかと思います。

我が人生回顧

小学校時代

子供の頃から親に鈍くさいと言われました。また咄嗟に挨拶が出来ず自分でも残念な思いをしていました。易が分るようになってみると、自分は夏の土の生れで、最強の生れ星、本によると土の重きは鈍なりと、全くその通りに出ていました。海軍に入った後も苦手だったのは電信のモールス信号（俗に云うトンツー）、手旗信号、発光信号と英会話でした。

ある先生の授業中、みんな一人ずつ教壇に立ち話しをせよとのことで、私の番になったとき、少年雑誌談海の塚原卜伝の一節を、白刃を鍋の蓋で受止めるという仕草と共に迫真の演技で話しました。ところが大変、こんどは学芸会でただ一人、演壇に立って教科書の「蒙古来」の文章を終りまで独演せよ、と言われました。不思議だったのは自分では無理して覚えたつもりはないのに、次々と言葉になり最後まで出来たということです。これは記憶力というよりも集中力であると思います。

六年生になって中学受験を希望したとき、受持の先生が、父親の税金が少ないようだが大丈夫かと私に尋ねました。私はそこで初めて、父が無理をしてやってくれるのだと知りました。そして一町六ヶ村の受験生合同模擬試験で、私は一番の成績でした。

中学生時代

中学校でも級長になり、四年のとき、陸軍士官学校、海軍兵学校共合格しました。呼び出されて校長室に行くと、本校出身の成功者で財閥のある人に、君を大学に進学させたいから、本人家族の意向を明日までに回答するように、と言われました。

父は、兵学校ならば人の援助なしに行けるのだから我が家の宝を取られることもない、あこがれの海軍に行け…と言い、私は海軍兵学校に進むことを決めました。

海軍兵学校時代

入校して一番驚いたのは、一日中立ち通しで座ったり腰かけたりということがなかったことです。その習慣から、今でも立っていること、歩くことに疲れを感じません。そしてもう一つ、いつでも背すじをシャンと伸ばしている、ということもあります。自分では普通と思っているのですが、大勢の中では目立つと人に言われます。

次に驚いたのは撲られることです。最初は海軍精神注入とかで全員を、後は何か落度があるたびに全員撲られました。理不尽な、と腹の立つこともありましたが、次第に困難や無理なことにも負けない忍耐力がついて来ました（後に私が教育委員長になり、若手の先生有志が教育研究会をしますからと出席を乞われたとき、熱心に討論するのを聞いてびっくり、個がどうの全体がどうのと、私には一向に訳が分りませんでした。後で感想をと言われ、私が受けた海軍兵学校の教育は実践教育で観念教育ではなかったと語り、退席しました）。

四年生の冬休みに優等賞の襟章をつけて帰省したとき、中学の配属将校の先生が私を旧藩主の別荘に連れてゆき、御挨拶をしたところ立派なお菓子を戴きました。父は勿論大喜びでした。

この頃兵学校の教授で哲学の先生が一年間の留学を終え、全校生徒に帰朝講演をしました。敗戦国ドイツは戦後の困難を打破して、ヒットラーのもと団結して復興著しく、その意気たるや全欧州を席巻するであろうと。語る教授の熱演に一同深く感動したものですが、これが後にドイツに続けと世界大戦になろうとは知る由もありませんでした。

また兵学校生徒時代に最も影響を受けた本に秋山真之伝があります。日本海海戦で東郷司令長官のもと先任参謀として活躍し、「智謀湧くが如し」と長官から評記された人です。世界の海戦史でも、この日本海海戦ほど完全勝利を得た例はないと言われ、秋山真之の頭脳明晰ぶりは知られています。その伝記の中で、後輩の竹内重利中将が、秋山さんに教科書の大事な個所に丸印をつけて貰ったので、自分の成績は秋山さんのおかげであったと書いていました。

私はこれだと思いました。一番大切なことは「何が大切か」を判断する能力だと。後に私が教育委員になって学校で初めて話をしたとき、学問は記憶力ではなくて、何が大切かという判断力を養成して欲しいと申しました。

私はいつのまにかこの習慣が身について、文章は簡単明瞭に書き、読書は斜めにとばし読み、重要なところだけ熟読するので読むのも速いです。無駄と思うから酒煙草は飲まず、トランプ、麻雀、碁将棋は致しません。でも八十歳すぎから夕食に少量飲むようになりました。

少尉候補生時代

昭和十一年春卒業、少尉候補生となり旧式軍艦八雲、磐手の二隻で近海航海に出ました。仁川に入港して京城を見学し、旅順に入港して戦跡見学に行きました。二〇三高地に立ち、案内人の隻脚の傷痍軍人が涙ながらに激戦を語ったときには、屍々累々の惨状を思い、暗澹たる心情となりました。

それから満鉄で奉天、新京まで行きました。関東軍司令部の威風堂々たる建物と関東軍司令官邸の広大さが印象に残っています。

奉天では北街とかいう整地された広大な土地がありました。縦横には立派な道路があり、その土地は工場予定地と聞きましたが、三年後また同地を訪れたときは、もう見渡す限り工場の煙突が林立し黒煙をあげておりました。

昭和初年の不況以来、打開策として満州を生命線と考えていた我国が、撤退を要求する他国との開戦になった運命を思うと、今日旧日本本土だけになった日本が経済力だけで世界一の債権国となり、世界一物資の豊かな国になろうとは、誰が予見したでしょうか。

近海航海を終り、遠洋航海でアメリカ西部、メキシコ、パナマ、キューバ、東部アメリカ、再びパナマ、ハワイ、南洋群島を経て横須賀に帰りました。

ここで忘れられないのは、アメリカ西岸各地での日系移民の人々の熱狂的な歓迎でした。ハワイでの、ハワイ対練習艦隊対抗相撲は、夜間まで延長戦となるほど熱狂的でありました（現在横綱二人までがハワイ出身になったのがわかるような気がします）。また、フェリーでサンフランシスコに帰るとき、対岸からのテープの別れ、頭上には満月が輝き、誰が歌いはじめたのか大合唱となったのが「月が鏡であったなら…」、あの光景が未だに眼底に残っております。それから五年後日米開戦となり、あの人たちがどんなに苦難の道を歩まれたであろうかと、思わずにはいられません。

そして帰港前、船上で日米戦についての談話会が行われました。広大な国土、豊富な資源産物、巨大橋梁や地下道、地平線の果てまで真直ぐな道路、フォード自動車工場を見たときの驚き、到底勝てる相手でないことは若輩の私にも分りました。ただ自由を好む国民性から、戦争を終結させることが出来るのでは、という期待だけがありました（このときの練習艦隊司令官は吉田善吾中将で、後に海軍大臣になられ、日米開戦を迫られて病気のため職を辞されました）。

帰国後霞が浦航空隊で航空実習があり、適性検査が行なわれました。このとき事故があり、中尉教官と候補生が死亡しました。これを新聞で見た父は、少尉候補生まで見て次の行に書いてある名前が見えず、驚いたそうです。

次いで航空母艦加賀乗組となり、汽車の長旅の後、年末に佐世保入渠中の加賀に着任しました。吃水線下の赤い巨体にびっくりしたことを憶えています。

加賀時代

昭和十二年三月少尉になり、始めに通信士、後に航海士になりました。当時の飛行隊は、九〇艦上戦闘機、九四軽爆、九六艦攻といずれも布張り木柱複葉で、発着艦訓練での事故も多く、纏めて葬儀を行ったこともありました。

その後戦火は中支にも拡大し、大村からは中攻が海洋爆撃を、加賀は艦上機で抗州飛行場を攻撃しましたが、艦上攻撃機隊長が戦死、部下にも多数戦死がありました。いずれも外国戦闘機により撃墜された様子とのこと、ショックでした。

それからの航空機の改良進歩は目覚しく、まもなく戦闘機が金属製単葉の九六式となり、続いて零戦にまで向上したようです。加賀は引続き中支南支の飛行場、橋梁などの爆撃で中南支洋上を運航しましたが、私は支那沿岸封鎖部隊の旗艦足柄に転勤しました。

足柄時代

陸戦隊で青島を占拠した後、ここを主錨地とするほか、支那沿岸巡航して封鎖に任じました。足柄での最終一ヶ月間は陸戦隊小隊長として連雲港北部トンネル山に露営しましたが、大して戦闘はありませんでした（夜間敵の斥候一名射殺のみ）。

白露（駆逐艦）時代

上海から長崎を経て横須賀までの長い転勤旅行の末、駆逐艦白露に着任、やがて艦隊訓練となり、鹿児島県志布志湾を泊地にして太平洋で演習に参加しました。そして今度は中支派遣で揚子江の警備に就きました。

上流で九江まで上りましたが、途中陸軍の兵隊さんに手旗で連絡に来てくれと言われ、内火艇をおろして迎えに行きました。中尉一名から話を聞くと、本隊は小部隊をおいて上って行ったので連絡が取れず、部隊には食糧もなくマラリヤに倒れる者続出で薬もない、とのこと。陸軍さんは大変だなあと同情し、薬品や食糧をおくりました。

安慶で錨を入れ、休泊して夕涼みをしていたとき、突然ドカンと水柱があがりました。錨を巻くのももどかしく、艦を下流に移動させましたが、どこからかの迫撃砲らしい様子で一発だけでした。士官三名の人事異動で艦は上海に回航、私は第一戦隊の戦艦伊勢に替りました。

伊勢時代

上海から長崎を経て山口県三田尻沖の伊勢に着任。私がガンルーム（若い士官部屋）の長だったとき、山口多聞艦長からガンルーム士官艦長室集合の令がありました。短いお話でしたが、「もしも右せんか左せんか迷うときには、迷うことなく死ぬ方を選べ」というものでした。後年のミッドウェー作戦のとき、第二航空戦隊司令官として活躍され戦果を挙げながら、加来艦長と共に、沈みゆく艦に残られたと聞き、あの時のお言葉通りであった、と思いました。

山口多聞艦長から同期の山口儀三朗艦長に代り、私も中尉になりました。

この頃、飛行機の夜間雷撃演習がありました。無灯火の飛行機が戦艦戦隊に集中攻撃を行うというもので、電灯頭部をつけた魚雷が何本も艦底を通過するのがよく見えました。私が、これでは戦艦も持ちませんねと言うと、副砲長からは、高角砲が射撃していないからだよ、という返事でした。

マレー沖海戦のプリンスオブウェールズも航空機の魚雷で沈没し、ミッドウェー海戦のときは陸用爆弾を魚雷に取かえる時間差が破滅につながったのでした。

香取艤装員時代

昭和十四年秋、伊勢乗組から香取艤装員を命ぜられ、三菱重工業横浜船渠に着任。結婚が内定していた湘南の現家内の宅に下宿させて貰いました。翌年三月香取完成受取までの数ヶ月が、私の人生で一番楽しい時期でした。

家内の家族には実の親以上に親身に待遇されました。休日には上京して歌舞伎に、新国劇に、銀ブラに、また箱根や熱海にも足を伸ばしました。初めて見る芦の湖の富士山や十国峠からの雄大な景色など、瀬戸内海しか知らぬ私には、富士のある風景が日本を代表するにふさわしいものと思われました。

香取乗組時代

香取、鹿島が完成引渡され、旧式艦にかえて新しい練習艦隊が出来ました。三月江田島に入港して新少尉候補生（六十八期）を迎えました。

近海航海を続けておりましたが、海南島に進出したので風雲急となり遠洋航海は取止めとなり、私は秋に兵学校教官となりました。これは香取艦長を経て提出した結婚願書に配慮された温情によるものと思います。

兵学校教官時代

新婚の教官生活は、生徒入校時とは天と地の差で恵まれたものでした。軍事普及委員にも任ぜられました。作家木村毅氏の案内記事が婦人雑誌に載ったり、毎晩官舎で話した清閑寺健氏の「江田島」がよく読まれたのは、社会の海軍に対する期待が大きかったからでしょう。

十二月八日突如開戦、ハワイに続いてマレー沖海戦と、軍艦マーチが鳴り続けて年が暮れました。明けて新年会のとき、偶然私の前に座られたまま瞑目せられ、「勝った勝ったと喜んでいるが、絶対に負けない相手国に開戦したんだからなあ」と呟かれたのは、校長の草鹿さんでした。

草鹿さんは終戦までラボールで、南東方面艦隊司令長官として長く苦しい戦を辛抱されたようです。戦後のあるとき江田島ですれ違い、三十秒ほど無言で対面した後、私が深く頭を下げると、軽く手を上げ立ち去られました。

高雄分隊長時代

昭和十七年春、横須賀在泊の高雄に着任した後、すぐに空襲警報が鳴りました。あっと言う間にマストすれすれに米中型機が通過し、どの艦も一発も射撃出来ませんでした。これにショックを受けて、ミッドウェー作戦が計画されました。

高雄はアラスカ攻撃の部隊に入り、雲低い切れ間を飛来した偵察機を機銃で撃墜し、ゴムボートの米兵一名を収容しました。

同時進行のミッドウェー作戦は大失敗となり、真相は発表されないまま艦隊はトラック泊地に待機となりました。トラック環礁入口直前で米潜に雷撃され沈没した輸送船の慰問団が、男女とも防暑服で来艦したのはこの頃でした。「誰か故郷を思わざる…」にみんな涙したようです。

ある日、艦長から「この戦局の将来について」講話をせよという命令がありました。艦長朝倉豊次大佐は私が兵学校教官だったときの生徒隊監事です。謹厳実直の人格者として尊敬された方で、私には今も有難く保存しております、「忠孝者皇國之礎」と達筆に書かれた掛軸を下さいました。

さて講話の件ですが、戦意高揚のためでなく本心から思ったままを話すことに腹を決めました。少し雑談した後、先日の洋上給油のときの問答を話しました。

並航する油槽船を見て、軍医長が、この油はどこの油ですかと尋ねられ、バリクパパンの油ですと答えました。

そこで軍医長の詠まれた自由俳句。

有難う
　バリクパパンの
　　　　油かや

アメリカの対日禁油が引き金になり、開戦の止むなきに至った我国の苦衷、バリクパパンの油の有難さが「かや」に凝縮されていると話した後、日本は独力で対米戦に勝つことは難しいが、独乙の快進撃を見て、共に戦えば世界の新体制が出来るのではないかと考えて開戦したものと思う。だから独乙の戦況に注目すれば将来が分る、と。

艦長はその後、何も私に言われませんでした。

突然の夜戦

高速戦艦金剛榛名のガダルカナル飛行場夜間砲撃は大成功しましたが、第二回比叡霧島の夜間攻撃は敵の待伏せにあい失敗、比叡は沈没。第三回第二艦隊司令長官直率の愛宕高雄霧島は暗闇の中、反航する敵の新旧大型戦艦二隻の電探射撃で、戦艦霧島のみ沈没、飛行場射撃は行わず帰投しました。反航で距離約五千メートルですからあっと言う間でしたが、照明の敵影には水柱はなく恐らく遠弾ばかりと思われ、また魚雷も発射しましたが命中の水柱もありませんでした。演習ではいつも、大洋の艦隊決戦で遠距離から測的計算された射撃または発射ばかりでしたので、対応出来なかったようです。敵は早くから電探で一番大きい霧島を測定し集中射撃したのでしょう。予測と準備がことごとく的中したのは日本海海戦の名参謀秋山真之将軍だけではないでしょうか（専門的なことは省略）。

昭和十八年春、航海学校高等科学生となり、トラックから飛行艇で横浜へ帰りました。あのとき程富士山が神々しく思われたことはありません。

「かえり来て　見る雲上の　雪の富士」

航海学校の六ヶ月は一睡の夢の如く過ぎ、秋には飛行機でシンガポール在泊の軽巡球磨に赴任しました。同地に在泊の軍艦香稚艦長は生徒のときの学年指導官、高田悧大佐でした。同クラスの友人と二人で艦長をお訪ねしたらとても喜ばれ、夕食を一緒にとニコニコしておられました。このとき私は、艦長は話し相手もなくひとりで食事をされ、寂しいのだろうと孤独なお気持を思いました。

ジャワ島のスラバヤに派遣されシンガポールに帰港したとき、香稚が内地へ帰ると聞いたので、甘い物をお好みの高田さんが喜ばれるであろうと、ジャワ島で買って来たチョコレートなどをひと包み届けさせました。すると、略語のカヨコ（これは艦長より航海長へという意味）の後、貴重なるおくりもの感激に堪えず、御武運を祈る、という信号がありました。無事帰国されましたが、武山海兵団長をされていたとき航空事故で亡くなられました。

一方私は昭和十九年一月、球磨に陸軍一個中隊をのせてビルマに輸送しました。小銃を持っただけでこれからどんな苦労をするであろうと心配しましたが、明るい笑顔で出発しました。

球磨の所属する戦隊司令部から命令があり、帰途航空隊の要望で航空魚雷の攻撃目標艦となって第一日を終え、ボートをおろして魚雷を回収しペナンに入港しました。第二日、高速で水道を出たしばらく後、見張員が「竹竿」（この附近には竹竿がよくありました）「見えなくなった、アッ魚雷」「取舵一杯」と叫びました。

艦長はデング熱で部屋におり、代りに、廻りすぎると判断した砲術長の先任将校が「戻せ」「舵中央」「宜候」と言ったものの、少し経ってドカンと艦尾に命中しました。続いてまたドカンという音、これは後部の爆雷が落ちて爆発したものでした。艦長が上って来て「浮くもの投下」と指示しましたが、艦はもう左に傾き後部は水面下に、立ってはおれなくて右舷側の上を歩いて海中に入水、やがて同行の駆逐艦に救助されました。ただ茫然とするばかり、私の一生で一番のショックでした。

司令部では潜水艦はいないと判断して、この訓練を命じたのでしょうが、恐らくペナンにはスパイがいて、無線連絡でコロンボあたりから英潜水艦が出向いたのでしょう。しばらくペナンにいた後シンガポールに移動し、ようやく内地に帰る航空母艦瑞鶴に便乗して呉に着き、海兵団で待機しました。

一方私方家内では父親（旧海軍）が海軍省で球磨の沈没を知り、娘にもう諦めるよう申渡したそうです。しばらくして、いつもやさしく指導してくれる女行者の人を思い出し、私のことを見て頂いたところ、「生きています、船のお尻に潜水艦の魚雷が命中しました、高速で舵を一杯切ったけれど、もう少しでよけ切れなかったのです。あと二十日ばかりで帰宅します」、という答えだったそうです。この後私のクラスの奥さんたち数人が家内のところへ見舞いに来られたのですが、応待の仕様がないので、今はお会いする心境でありませんから、あしからずお引取下さい、とお断りしたとのことです。

自宅待機しておりましたが一向に発令がないので人事局に行きました。いつも笑顔の福地局員（伊勢当時服砲長でお世話になった方）から井口君のところへ行けと言われ、聞くと第三航空隊参謀で井口中佐が先任参謀をよく知っているだろうとのこと。私が加賀乗組航海士のときの大尉で艦爆の隊長だった人で、目のキレイな敏捷な人とすぐ分りました。

岩国航空隊の中の第三航空戦隊司令部に着任してみると、司令官は大林末雄少将で、私が練習艦隊の八雲に候補生でいたときの副長でした。もう最後の日米決戦サイパン沖の海戦になることが分っていましたから、生きた甲斐があったという思いで感謝しました。

第三航空戦隊は千歳、千代田、瑞鳳という一万トンの空母で、主力は零戦に六十キロ爆弾をつけて敵空母の飛行甲板を破壊しようというものでした。外洋は潜水艦の危険があるので、周防灘、伊予灘で発着艦訓練を行いました。

郷里の近くに錨を入れたとき、我家へ帰りました。父は私の金モールの参謀肩章を見てびっくりの大喜びで、家にばかりいないで氏神様にお参りして来いと言いました。本心は町の人々に見て欲しかったのだと思います。

サイパン状勢が時期を早めたため、訓練も早々に二航戦（隼鷹、飛鷹）と三航戦（前述三艦）は共に南下しました。フィリピン西方のタウイタウイ泊地に着くと、既に一航戦の大鳳瑞鶴翔鶴がおり大艦隊となりました。環礁の外には敵潜がいて、千代田が訓練のため外に出たとき潜水艦に雷撃されましたが、危うく難をのがれました。

新鋭の不沈空母といわれた大鳳飛行甲板のテント張りで作戦打合せがあったとき、同クラスの友人が主力攻撃飛行機部隊長として出席していました。休憩のとき飛行甲板のすぐ下の私室に行き、話は候補生当時私と天測のペアで仲良くしていたこと、そのとき食べたハネジューメロンが冷たく旨かったことなど当時のことばかり、今度の作戦のことは何も言いませんでした。友人は部屋を出る前に部屋の抽出しを一つあけて見せ、もう何もない、これでさっぱりしたよとしばらく笑っていました。デスクの上に坊やを抱いている奥さんの写真がありましたが、飛行服のポケットに入れてゆくつもりであったと思います。

全海軍の期待する名将小沢治三郎中将指揮のもと、最後の大艦隊はその数日後に出発し東へ東へとサイパン沖方面に向いました。

この指揮官の戦法は我軍の飛行機の飛行距離が敵よりも長いのを活用する、いわゆるアウトレインヂで、敵の飛行限度より外に主隊の一、二航戦を置き、その前方百五十浬に大和、武蔵以下水上艦隊、輪形陣の中に三航戦の三隻を置き、敵飛行機の攻撃目標にする、というものでした。そして目論見通りに戦闘が開始したので、広島湾柱島沖の大淀では連合艦隊司令部首脳の人々はやったと喜んだそうです。

しかし敵の戦法はすっかり変っていました。電探を活用して早くから攻撃隊を発見し、母艦より五十浬も前方に戦闘機を多数配置して、ことごとく撃墜しようと母艦搭載の機は攻撃機を減らし戦闘機を増加していました。このため我が方の攻撃機は殆ど遥か前方の戦闘機軍に落されました。飛行機より我突入すの入電もないまま敵の攻撃飛行隊が来ましたが、攻撃は前衛の小型空母よりも遙かに大きい武蔵、大和に集中し、武蔵は被害甚大で速力が出ないため戦列を離れて後退しました。我が三航戦の千代田に二発命中、飛行甲板破壊となりましたが、そのほかは無傷、一方主隊の方では潜水艦の魚雷で大鳳、翔鶴、飛鷹の三隻が沈没、空しく柱島沖に帰投しました。

そしてこれが最後の決戦となり、後は無謀な破滅への道を進むだけでありました。レイテへの突入など成算のない戦を誰も止めることが出来ませんでした。史上例を見ない特攻も、空母全艦のオトリも、大和の自滅も、国内各地の空爆焦土も、誰にも制止出来ない運命でした。

西南戦争のとき、私学校で議論がされました。西郷先生と生死を共にする者は残れ、命の惜しい者は去れ、この一言で全員参加になったといいます。最後の最後に米内海軍大臣の突っ張りでついに御聖断となったことを思うとき、個人も国家も運命があると痛感します。

私はこの後第四航空戦隊参謀となり日向に着任しました。戦艦日向、伊勢の後部砲塔を除去し水上機を搭載したものですが、もうこのとき水上機はすべて陸上基地に進出していました。艦隊のレイテ突入と連繫して、オトリとなった空母四隻を失っており、四航戦は内地では油がないため南方に行くことになりました。

四航戦着任前に私は少佐になりました。

最後の燃料輸送作戦

もうフィリピンが敵の手にあり、内地向けの輸送船は潜水艦や飛行機によって撃沈され、ついに四航戦、二水戦での燃料等の輸送を計画されました。途中攻撃を受けても半分は届くだろうというものでした。

シンガポール南方の泊地で訓練をしておりましたが、命をうけて急遽シンガポールに帰り、ガソリン、石油、ゴム、錫、マンガン等各艦満載で、昭和二十年二月十一日、出港しました。途中敵潜の雷撃を受けましたが、危うくかわし、また佛印東方では電探で飛行機群を発見したので、折からのスコールの中に進入して攻撃を避けることが出来ました。夜間台湾海峡を突破し福州湾に仮泊、伊勢、日向から小艦船に燃料移載の上支那近接北上、青島沖から仁川沖へ、後は朝鮮沿岸近くを廻り釜山沖から関門海峡西口へと、全艦無事帰還しました。

もうかなり長い間海峡を通る軍艦がなかったせいでしょう。四航戦、二水戦の長い軍艦の行列に、門司側下関側共日の丸の小旗がふえ続けました。熱狂的に旗を振る人々を見て、涙を止めることが出来なかったのは私だけではなかったでしょう。長時間の緊張のせいか、呉入港後も眠れなかったということは初めての経験でした。

帰着後、司令部は解散、私はしばらく郷里に休暇の後上京、人事局のお手伝いをした後、門司の第七艦隊兼第一護衛艦隊司令部へ参謀として着任しました。

その頃関門海峡には毎晩のように米機の機雷投下があり、掃海命令と航路変更をするのが私の役目でした。やがて各地の都市爆撃が始まり、下関や門司が火の海になるのを門司側山の中腹から見ておりました。

「ながらえて、この世の地獄、見る身かな」

広島に原爆投下、つづいて長崎にも投下、終戦の詔勅がありました。

参謀長参集の命令に随行して海軍省に出頭したとき、サイパン戦の機動艦隊先任参謀、大前敏一さんに会いました。「軍使一行の一人としてフィリピンに行って来たが、とても紳士的な態度であった。戦後日本のあつかいにも希望が持てるよ」と同県人後輩の私に語られました。

また私が護衛艦隊に赴任する前に会った護衛総隊先任参謀の大井篤さんは、黙って私の手を握り頷いていました。(私の前に崖下に落ちる車を止めることは出来ませんかという問いに、どうにもならんなあと答えられた同憂の士でした。後に高松宮の伝記を書かれました)

戦後

海軍人事部（後に県世話課）

英霊引渡と未復員消息相談などを業務としておりましたが、忙しくなかったので先任部員であった私の発案で、遺家族慰問兼復員輸送乗組員募集目的の楽劇団巡業を計画しました。

地元には適当な楽劇団があり合意してくれ、県警本部に行ったところ担当者が海軍の大ファンで、県内各地の劇場も順よく手配してくれました。また税務署でも、昼間は遺族無料招待、夜間は有料ですが無税としてくれ、県社会課では各地の青年団の協力で炊き出し等すべて好都合にゆきました。必要経費充当の資金海軍五万円、陸軍五万円は手つかずで返却しました。

雑貨製造会社営業課長

その後地元出身で大阪に会社をもつ成功者の出資で、海軍の先輩某氏が責任者となった新会社に入社しました。営業課長として各地に代理店を作り、順調にゆくかと思いました

恐縮ですが
切手を貼っ
てお出しく
ださい

112-0004

東京都文京区
後楽2－23－12
(株) 文芸社
ご愛読者カード係行

書　名					
お買上 書店名	都道 府県　　　市区 郡　　　書店				
ふりがな お名前			明治 大正 昭和　　年生　　歳		
ふりがな ご住所	□□□-□□□□			性別 男・女	
お電話 番　号	(ブックサービスの際、必要)	ご職業			

お買い求めの動機
1. 書店店頭で見て　2. 当社の目録を見て　3. 人にすすめられて
4. 新聞広告、雑誌記事、書評を見て(新聞、雑誌名　　　　　)

上の質問に1.と答えられた方の直接的な動機
1. タイトルにひかれた　2. 著者　3. 目次　4. カバーデザイン　5. 帯　6. その他

ご講読新聞　　　新聞	ご講読雑誌

文芸社の本をお買い求めいただきありがとうございます。

この愛読者カードは今後の小社出版の企画およびイベント等の資料として役立たせていただきます。

本書についてのご意見、ご感想をお聞かせ下さい。 ① 内容について
② カバー、タイトル、編集について
今後、出版する上でとりあげてほしいテーマを挙げて下さい。
最近読んでおもしろかった本をお聞かせ下さい。
お客様の研究成果やお考えを出版してみたいというお気持ちはありますか。 ある　　ない　　内容・テーマ（　　　　　　）
「ある」場合、弊社の担当者から出版のご案内が必要ですか。 希望する　　希望しない

ご協力ありがとうございました。


〈ブックサービスのご案内〉

当社では、書籍の直接販売を料金着払いの宅急便サービスにて承っております。ご購入希望がございましたら下の欄に書名と冊数をお書きの上ご返送下さい。（送料１回380円）

ご注文書名	冊数	ご注文書名	冊数
	冊		冊
	冊		冊

が、二年程で大阪の本社が行詰り新会社は閉鎖、これは心霊の大家の予言通りでした。

雑貨卸商

営業で卸商を訪問していた経験を生かし、独立無資本で卸商を始めたのが昭和二十六年でした。物不足の時代ですからよく売れましたが、手形決済に苦労しました。また、勘定余って銭足らずの言葉通り、売れ残り品が処分出来ず、小売部を作ってもみました。

この頃海軍のクラスから海上自衛隊への入隊希望問合せがありましたが、売掛金の回収や手形の始末を考えると日数がかかり容易ではないと考え、入隊を希望しませんでした(後に九州である霊能者に、商売などせずになぜ海上自衛隊にいかなかったのかと言われました)。

一時東京郊外出店

家内が関東生れ関東育ちで、出来れば関東に住みたいという希望をかなえてやりたい気持から、漸次不振になっていた卸部をやめ東京郊外に小売店を出しました。そして郷里の店に父が、東京には私達家族が住みました。翌年父からの手紙で健康状態が良くないから私方へ行きたいとあり、私が迎えに行き、父を東京によびました。病院の受診で相当進んだ胃癌と分り、入院を勧められましたが、このまま入院して何日か後に病床で死亡では上京の甲斐がないと思い、都内見物や観劇などに連れて行き、続いて日光東照宮、華厳の滝にも行きました。最後に行った鬼怒川温泉の二人だけの浴場で、桶を枕に体を横にした父の言葉は、「お前のおかげで私の一生は楽しく面白かった、まるで映画の筋書きのようであった」というものでした。帰宅後十日ほどで食物が入らなくなり、私が父の手を握り苦しまぬよう祈り続けるうち、いつの間にか息絶えておりました。

数年後ある霊能者の口を借りて父に様子を尋ねると、「おかげで私は楽なところにいる。ただお母さんがのう…」とのこと、四十七歳で病死の母は苦しんでいるのかと、生前から涙もろい母でありましたが、それを受け継いだ私も涙がとまりませんでした。

そして、もう郷里の店を閉めようと思い、家内が子供の頃から可愛がられていた女行者さんを訪れたときのことです。女行者さんは、それは駄目です、反対です、こちらを閉めて郷里に帰りなさい。ご先祖様がそう言っておられます。沢山ならんだお墓が見えます。その近くにある広い土地を買いなさい。必ず高い値段で売れるときが来ます、と言われました。ある人の言葉で、海軍士官は商売は不向きだが頭が良いから製造の方が良いと聞いたのを思い出し、それならその土地で製造をやりますと言うと、今更職人の真似事をしても…と気が進まぬ様子でしたが、仕方ありませんね、と言われました。

言われた通り東京郊外の店を閉めて帰郷後何ヶ月か経ったとき、親族の霊能指導の老人から田んぼを買わないかという話がありました。言われてみると東京の女行者さんの言葉通り。不思議なものです。

土地建物に全資金を投じたため、製造の運転資金は皆無となり借入れでしたが、数年はよく売れ得意先も出来ました。素人ばかりで経験者がひとりもいないので、技術は私ひとりで、家内が販売を手伝ってくれました。

この仕事で二十八年、夢の如く過ぎました。始め従業員は三十人程でしたが、やめるときは数名になっておりました。東京から鹿児島まで出張したこともあったのですが、段々経費が出なくなったため通信販売だけとなり、手形郵送入金になりました。

自分の給料も全部会社に入れて支払に当てておりましたが、得意先の倒産も三件あり、ある日保険会社が土地の一部を買求めたのを皮切りに、全部を四分割して処分しました。私の四柱推命老年の欄に大金が入ると出ていましたが、私自身は全く信じていませんでした。易というものはよくも悪くも信じたくない気持があり、なってみてびっくりするものです（大金といっても人によっては小金かも知れません）。

二十八年におよぶ製造業は長い期間ではありましたが、取立てて書くほどのことはありません。振りかえってみると物が次第に豊富になり価値がなくなってゆく社会の姿そのものです。

最終の地

郷里を離れ車で三十分程のところに家を建て、移住しました。七十三歳でした。

「ほととぎす、啼く里に住み、旅終る」

これは家内の句です。戦争中の思い、戦後の苦しみがこの句の中に入っているのを分るのは私だけでしょう。

住宅移転の後、胃潰瘍で入院手術しましたがこれは前に述べました。以後はヨガ等で体力回復し、国内旅行や海外旅行で楽しい思い出を作りました。

ニュージーランドまでは成田からひと飛びでした。高度一万メートル以上で飛行しているとき、戦時中の日本の飛行機のことを思いました。少尉の頃、航空母艦加賀の航海士でしたが、松本航海長に気象観測資料のため高々度飛行を命ぜられ、鹿屋飛行場から高度七千メートルまで上ったことがありました。空気が希薄で伝声管の声が操縦者の私に届き辛かったこと、高々度のＢ２９に対し日本の戦闘機が上昇出来なかったことなどを思い、感慨無量でした。

ゆりかごから墓場まで政府持ち、教育費も無料、地価も住居も生活費も安く、老後をニュージーランドでいかがですか、というガイドさんの言葉に、しばらく考えました。平和でゆたかな国、景色もよいし申分ないようでしたが、私共には文明の刺激が必要と思いました。

生涯一番の憶出はあの南島マウントクックの高所氷原に着陸し記念写真をとったことです。日本から随行のガイドさんも、天候の関係で着陸したことは一度もなく初めての経験、と喜んでいました。全市街公園のようなクライストチャーチ、もう南極に近いミルフォードサウンドの海の素晴しい景色、雪の連山頂を越えた小型飛行機よりの眺め等、今も印象深く心に残ります。次に訪れたシドニーも奇麗な街でしたが、心に残るのは、コアラの愛らしさと、とても大きなロブスターの味です。

四年後に行ったヨーロッパも忘れ難い憶出になりました。一番印象深いのはスイス、アルプスの山の景色と清々しい霊気でした。次にドイツの人の朗かでたくましい気概、ビヤホールミュンヘンの夜の人々の熱気、ダンスをさそう人々の明るい笑顔。日本人に好意をもっているように感じました。

フランスは期待の方が大きかったのでしょう、ベルサイユやセーヌ河など、あまりにも美しいフランスを想像しすぎたのだろうと思います。

自動車免許更新と視力検査

これは書くことを迷ったのですが、老人の一部の人には役立つかも知れないので、書くことにしました。

近頃は免許更新の前に高齢者講習が義務づけられており、私も参加しました。座学と運転は良かったのですが、視力検査に問題がありました。むかしは二・〇であったのですが老眼になり、老眼鏡をかけておりました。数年前から老眼鏡のない方が新聞がよく見えるようになったので、自分では喜んでいたのですが、視力検査では全然見えません。白内障のようだから眼科医に行きなさいと言われました。家内が眼科医に電話しかけましたが、一度心安くしている眼鏡屋さんに相談することにしました。やはり白内障でしたが、眼鏡屋の人はこのくらいなら眼鏡で何とかなりますと調整してくれました。翌日試験場に行き視力検査したところ、一発で合格でした。八十五歳だからもう運転をやめようかとも思ったのですが、これでまた、ほととぎす啼く丘から街へ買物もレジャーも楽しめることになりました。

体力気力共に元気ですから、人のためになることで生き甲斐を作りたいと思っております。

おわりに

六十四年前の昭和十一年に遠洋航海でアメリカに行ったとき、アメリカでは金持ちも一般の家庭も同じものを食べている、車は一家に何台も持っている、繁華街の店が次々閉めて郊外の大型スーパーになり、食べ物は冷蔵冷凍で季節に関係なく年中何でもある、電子レンジで調理したものがすぐ食べられる等、驚きました。そして今の日本はそれと同じになりました。

しかし悪いのは治安で、警察はあてにならず、歩道は外側を歩くといつ車の中に引っ張り込まれるかも知れぬから内側を歩けと注意されます。今の日本が豊かになったのはアメリカと同じで喜んでいいのですが、人の心まで日本のよさを失ったのかと思うことが多くなりました。

悲しいのは、

尊敬

恩

分を知る

この三つの言葉がなくなったことです。物が豊富になりすぎて、今はI.T.に集中していますが、これも限度が来るでしょう。

一番忘れられているのが心です。心こそ命であり、魂であるのに、最も研究がおくれ忘れられております。

私が三十代の頃、人の一生は生れたときに決まっていると教えた先生は八十数歳でした。易を学び十数年、ずっと易で出た運命を信じませんでした。努力すればきっと運命は開かれるという思いでした。

なせばなる　なさねばならぬ何事も

　ならぬは人の　なさぬなりけり

この歌の方を信じたかったのです。

八十五歳になった今、よいことも悪いことも全部、四柱推命の通りであったと悟ると同時に、本当の自分を知って、自分を活かすことが出来ていたら、と後悔しております。

もうそろそろ終りになりますが、私の人生を回顧して残るのは、人間関係の喜びです。

父は死ぬ前に自分の一生は面白かった、お前のおかげだと言いましたが、亡くなった後、私は今まで父の喜びを生き甲斐にして来たのに、もう喜んでくれる人はいないと、心に大きな穴があいたようでした。

しかし、孫たちが私の後半生を支えてくれました。同期の友人の慰霊祭で、「彼に孫を抱かせてやりたかった」と述べたのは、私が後半生を孫たちに生き甲斐をかけていたからです。

この喜びこそ、霊界に行っても無限に咲きつづける心の花であり宝であると思います。

最後に孫のくれたクリスマスカードを紹介します。

じいちゃん

先日はいたれりつくせりで本当にありがとうございました。思えばじいちゃんには甘えっぱなしで、情けない孫です。

でも、じいちゃんばあちゃんに恥じない人間でいようといつもどこかで意識しています。

(実際やれているかは別として)

だから、まちがったことをしないようにできるだけ長生きして見ていて下さい。
良いお年をお過し下さい。
一九九九、一二、二〇　尚美

【著者プロフィール】

米村　昌洋（よねむら　まさひろ）

愛媛県出身、元海軍兵科将校。
現在、心霊及び四柱推命研究者、85才。

心に花を

2000年12月1日　初版第1刷発行

著　者　米《よね》村《むら》昌《まさ》洋《ひろ》
発行者　瓜谷綱延
発行所　株式会社　文芸社
〒112-0004　東京都文京区後楽2-23-12
電話　03-3814-1177（代表）
03-3814-2455（営業）
振替　00190-8-728265

印刷所　株式会社　平河工業社

ISBN 4-8355-1044-5 C0095